Choice

編輯的口味
讀者的品味
文學的況味

SCARY STORIES TO TELL IN THE DARK

在黑暗中說的鬼故事 I

ALVIN SCHWARTZ | STEPHEN GAMMELL
亞文·史瓦茲 編撰 | 史蒂芬·格梅爾 插畫

呂玉嬋 譯

獻給黛娜（Dinah)

CONTENTS

吃你眼睛咬你鼻

其他危險

STRANGE *AND* SCARY THINGS

奇怪恐怖的東西

拓荒者經常講恐怖故事自娛，他們晚上可能會聚在某個人的小木屋，或是圍在火堆旁，看看誰最會嚇人。

現在我鎮上有些男孩子、女孩子也做同樣的事，他們聚在某人的家裡，關燈吃爆米花，互相嚇個半死。

人類講恐怖故事講了幾千年，因為我們大多數人喜歡受到那樣的驚嚇，反正沒有危險，我們也覺得有趣。

可以講的恐怖故事多得是，鬼故事，女巫、惡魔、鬼怪、殭屍和吸血鬼的故事，描述怪物和其他危險的故事，有的故事甚至讓我們對這些可怕的東西一笑置之。

這些故事有的非常古老，在世界各地廣為流傳，大多都有相同的起源。故事依據的是人們的所見、所聞、經歷——或者他們以為他們所做過的事。

很久很久以前，有一個年幼的王子因為一個恐怖故事而出了名，他講了一個故事，但沒有把故事講完。他的名字叫馬米留斯，大概九歲、十歲吧，威廉．莎士比亞在《冬天的故事》中講了他的故事。

在一個漆黑的冬日，他的母親王后要他講個故事。

「悲傷的故事最適合冬天。」他說。「我有一個關於幽靈和妖精的故事。」

「盡量用你的幽靈來嚇我。」她說。「這你很拿手。」

「我要輕聲地說。」他說。「不讓那邊的蟋蟀聽到。」

他開始說了。「從前有個男人住在教會院子旁。」但是他只說到了這裡，因為就在那個時候，國王進來逮捕王后，將她帶走。不久，馬米留斯去世了，沒有人知道他會如何講完他的故事。若是你像他那樣開頭，你會怎麼說下去呢？

當然，大多數的恐怖故事是預備要講的，講出來更可怕，只是如何講才是重點。

馬米留斯很清楚，最好的方法是輕聲細語，這樣聽眾就會向前傾身來聆聽你說話。還有，要慢慢地說，這麼一來，你的聲音會聽起來很恐怖。

講這些故事最理想的時間是晚上，在黑夜和在暗處，人很容易想像出各式各樣奇怪恐怖的東西。

紐澤西州普林斯頓　亞文．史瓦茲

「啊……！」

這一篇都是「嚇人一跳的故事」，
你可以用它們把朋友嚇得跳起來。

・大腳趾・

一個男孩在花園邊上挖土，發現了一個大腳趾。他想把它撿起來，但它黏在什麼東西上，所以他用力一拔，那東西就掉到他的手中。接著，他聽到有什麼東西發出呻吟，於是驚惶失措地跑開了。

男孩把腳趾拿進廚房給媽媽看。「看起來很漂亮，肉很多。」她說。「我把它加到湯裡，我們晚餐吃。」

那天晚上，爸爸把腳趾切成三塊，他們每人吃了一塊。接著他們洗碗，天黑就上床睡覺了。

男孩幾乎立刻就睡著了，但是，到了半夜，一陣聲響把他驚。是街上的東西，那是某個聲音，那聲音在召喚他。

「我的腳趾在哪……裡？」它呻吟著。

男孩感到非常害怕，但是心想：「它不知道我在哪裡，它永遠也找不到我。」

然而接著他又聽到了那個聲音，而且現在更靠近了。

「我的腳趾在哪……裡？」它呻吟著。

男孩把毯子拉到頭上，閉起眼睛。「我要睡覺了。」他心想。「等我醒來時，它就不見了。」

可他不久聽到後門開啟，又聽到了那個聲音。

「我的腳趾在哪……裡？」它呻吟著。

男孩聽到腳步聲穿過廚房，進入了餐廳，進入了客廳，然後來到前廳。接著，它開始慢慢爬上樓。

它越來越近，越來越近，不久就到了樓上的走廊。現在，它在他的房門外。

「我的腳趾在哪……裡？」那聲音呻吟著。

他的門開了，他怕得渾身發抖，聽著腳步聲在黑暗中慢慢朝他的床移動。然後，它停了下來。

「我的腳趾在哪……裡？」那聲音呻吟著。

（這時，暫停，然後朝你身旁的人跳過去，大喊：）

「你拿走了！」

〈大腳趾〉還有另一個結局。

男孩聽到那個聲音來找它的腳趾時，在煙囪裡發現一個長得很奇怪的東西，嚇得動彈不得，只是站在那裡盯著它看。

最後他問：「你……你……你……你的眼睛怎麼這麼大啊？」

那怪物回答：「那是為了要把你看清……清……清……清楚啊！」

「你……你……你……你的爪子怎麼這麼大啊？」

「那是為了掘……掘……掘……掘你的……的……的……的墳啊！」

「你……你……你……你的嘴怎麼這麼大啊？」

「那是為了把你整個吞……吞……吞……吞下去啊！」

「你……你……你……你的牙齒怎麼這麼尖啊？」

「那是為了咀嚼你的骨頭啊！」

（說最後一句話時，撲向一個朋友。）

·步行·

有一天，我叔叔走在一條荒涼的土路上，遇到一個男人也走在那條路上。那人看了看我叔叔，我叔叔也看了看那人，那人害怕我叔叔，我叔叔也害怕那人。

但是他們繼續往前走。天色開始漸漸黑了，那人看了看我叔叔，我叔叔看了看那人，那人很害怕我叔叔，我叔叔也很害怕那人。

但是他們繼續往前走，來到一片大樹林。天色越來越黑了，那人看了看我叔叔，我叔叔看了看那人，那人十分害怕我叔叔，我叔叔也十分害怕那人。

但是他們繼續往前走，一直走到樹林深處。天色越來越黑了，那人看了看我叔叔，我叔叔看了看那人，那人超級害怕我叔叔，我叔叔也超級害怕……

（現在尖叫！）

・「你來幹什麼？」・

從前有一個老婦人，她獨自生活，非常孤獨。有一天晚上，她坐在廚房裡說：「噢，真希望有人來陪陪我。」

她的話才剛說出口，就有兩隻腳從煙囪滾下來，肉都爛了。老婦人嚇得兩眼直瞪。

接著，有兩條腿掉到爐邊，自行連到了腳上。

接著，一具身軀墜落下來，其後是兩條手臂和一顆人頭。

在老婦人的注視下，這些部位合在一起，變成一個高高瘦瘦、笨手笨腳的男人。那人在屋裡跳過來跳過去，跑得越來越快。然後，他停下來，看著老婦人的眼睛。

「你來幹什麼？」她用顫抖的低聲問。

「我來幹什麼？」他說。「我來……找妳的！」

（當你大聲喊出最後幾個字時，跺一下腳，朝旁邊的人跳過去。）

・咪嗟哆嘀——嗟喔嗑・

有一間鬧鬼的房子，每天晚上都有一顆血淋淋的腦袋從煙囪掉下來，起碼傳說是這樣的，因此沒有人願意在那裡過夜。

後來有個富人拿出兩百美元，說誰願意這麼做，這筆錢就給他。於是，有個男孩就說，如果能帶著他的狗，他願意試一試。一切就這樣說定了。

第二天晚上，男孩就帶著他的狗去了那間房子。為了讓氣氛愉快點，他在壁爐裡生了火，坐在火爐前等待，狗也陪他一塊等著。

有一陣子什麼事也沒發生。但是，午夜過後不久，他聽到有人在林裡輕輕地、悲傷地唱著歌，歌聲聽起來是這樣的：

「咪嗟哆嘀——嗟喔嗑！」

「只是有人在唱歌。」男孩告訴自己，但是他很害怕。

然後，他的狗回應了這首歌！牠輕輕地、悲傷地唱著：

「鈴鏘鏗鏘考利莫利叮咯叮咯！」

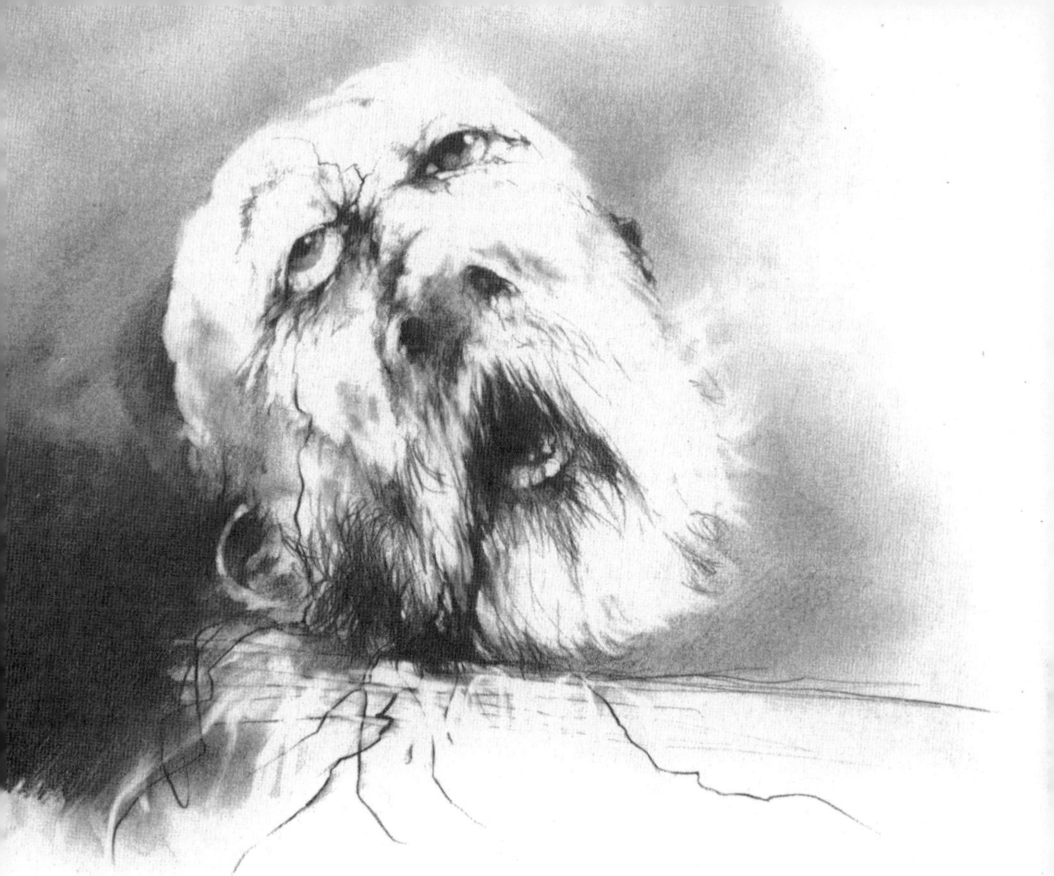

男孩簡直不敢相信自己的耳朵，他的狗從來沒有說過一句話。幾分鐘後，他又聽到了歌聲，聲音現在更近了，也更響亮，但歌詞還是一樣：

「咪噠哆嘀—噠喔嗑！」

這一次，男孩想阻止狗回應，害怕唱歌的人聽到歌聲會朝他們而來。但是他的狗沒注意，又唱了起來：

「鈴鏘鏗鏘考利莫利叮咯叮咯！」

半小時後，男孩又聽到歌聲，它現在到了後院，還是同一首歌：

「咪噠哆嘀—噠喔嗑！」

男孩又一次想要讓狗保持安靜，但狗卻唱得更加大聲：

「鈴鏘鏗鏘考利莫利叮咯叮

咯！」

不久，男孩又聽到歌聲，現在它正沿著煙囪下來：

「咪噠哆嘀—噠喔嗑！」

狗立刻回唱：

「鈴鏘鏗鏘考利莫利叮咯叮咯！」

突然，一顆血淋淋的腦袋從煙囪掉了出來，沒掉到火裡，反而恰好落在狗的旁邊。狗看了一眼就倒下……嚇死了。

那顆腦袋轉過來，盯著男孩，慢慢張開嘴，然後……

（轉向你的一個朋友，大叫：）

「啊……！」

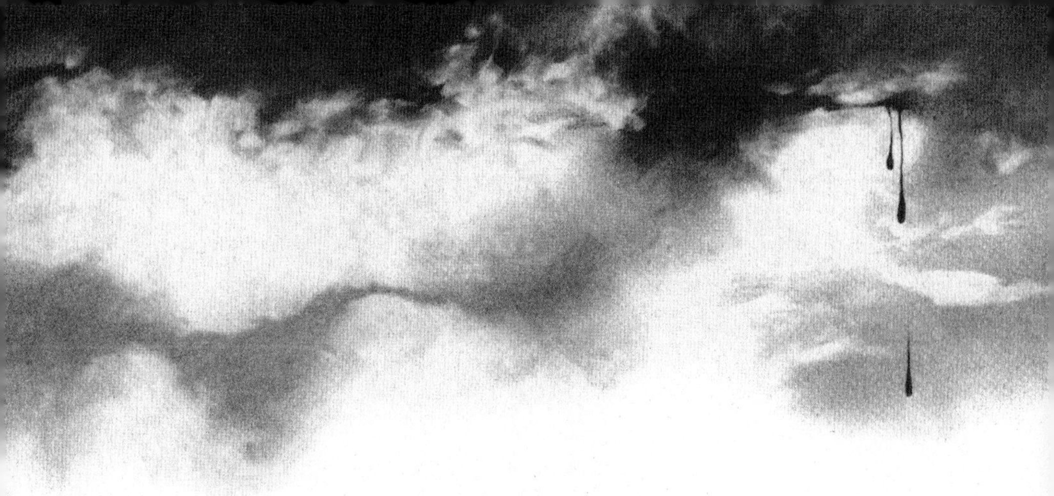

·住在里茲的男人·

有人說這首詩沒有意義，有人則不那麼肯定。

有個男人住在里茲；
他在花園撒滿種子。
種子開始發芽，
就像漫地雪花。
當雪開始融解，
就像少了帶子的船。
當船開始啟航，
就像少了尾巴的鳥。
當鳥開始飛翔，
就像天空中的一隻鷹。

當天空開始咆哮，
就像一頭獅子來到我的門前。
（現在放低你的聲音。）
當門開始裂開，
就像一把小刀捅入我的背。
當我的背開始流血……
（把燈統統關掉。）
我就死了，死了，真的死了！
（朝你的朋友跳過去，尖叫：）
「啊……！」

・瘦得皮包骨的老婦人・

有一個瘦得皮包骨的老婦人，
獨自一人住在墓地附近。
噢噢，噢噢，噢噢！
她想她要找一天上教堂，
聽聽牧師講道和祈禱。
噢噢，噢噢，噢噢！
當她走到教堂台階時，
她想她要停下來歇歇腿，
噢噢，噢噢，噢噢！
當她走到門口時，
她想她要停下來再歇一會，
噢噢，噢噢，噢噢！

她轉身看看四周時，
卻見到地上有具屍體。
噢噢，噢噢，噢噢！
從鼻子到下巴，
都有蟲子爬出又爬進。
噢噢，噢噢，噢噢！
婦人對牧師說：
「我死了會變成那樣嗎？」
噢噢，噢噢，噢噢！
牧師對婦人說：
「妳死了就會變成那樣！」
（現在大叫：）
「啊……！」

有 一 個 瘦得皮包骨的 老婦 人，
獨自一人 住 在墓地 附近。 噢噢，噢噢，噢噢！

他聽到腳步聲
沿著地窖的樓梯
傳來……

這一篇裡有鬼，

有隻鬼化成真人回來，

另一隻鬼向謀殺她的兇手復仇。

還有其他奇怪的事件。

·那東西·

泰德·馬丁和山姆·米勒是好朋友，他們經常在一塊。就在這個夜晚，他們坐在郵局附近的籬笆上聊東聊西。

馬路對面有一片蕪菁田，他們突然看見有東西從田裡爬出來，而且還站起來。它看起來像個人，但天黑了，很難確定。接著，那東西不見了。

但不久後它又出現了。它走到馬路中間，然後轉身回到田裡去。

它第三次出來時，開始向他們走來。這時泰德和山姆很害怕，他們拔腿就跑。可他們最後停下來時，覺得自己很愚蠢，他們不知道是什麼嚇著了他們，因此決定回去看個清楚。

他們很快就看見了，因為它走過來迎接他們。它穿著黑褲子、白襯衫和黑吊帶褲。

山姆說：「我去摸摸它，這樣我們就能知道它是不是真的。」

他走到它的跟前，凝視它的臉，它的腦袋深深嵌著一對炯炯有神的眼睛。它

看起來像是一具骷髏。

泰德看了一眼就發出尖叫，和山姆又跑了起來，可是這一回骷髏跟在他們的後面。他們跑到泰德的家，站在門口看著它，它在路上停了一會兒，然後就消失了。

一年後，泰德生病死了。臨死之前，山姆每天晚上不眠不休地照顧他。泰德死的那天晚上，山姆說他看起來就像那具骷髏。

‧像泥土一樣冰冷‧

農夫有一個女兒，在世界上他最關心的就是她。女兒愛上一個叫吉姆的農場工人，可是農夫認為吉姆配不上他的女兒，為了讓他們分開，他把女兒送到郡的另一頭，住在她叔叔的家。

女兒走後不久，吉姆就病倒了，日漸消瘦，最後去世了，大家都說他是心碎而死。農夫對吉姆的死感到很內疚，也無法告訴女兒發生了什麼事。女兒則繼續想著吉姆，想像他們如果在一起會過著怎樣的生活。

幾週後的一個晚上，有人敲打叔叔的

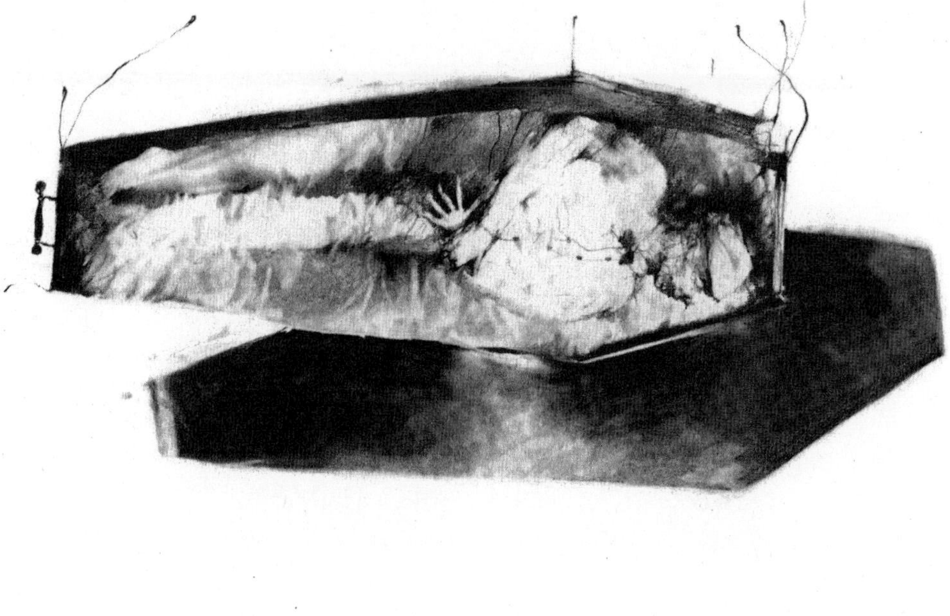

家門，女孩打開門，吉姆就站在門外。

「妳爸爸要我來接妳。」他說。「我騎著他最好的馬來。」

「出了什麼事嗎？」她問。

「我不知道。」他說。

她收拾了一些東西，他們就走了。她坐在他的身後，緊緊摟著他的腰。不久，他說頭很痛，「痛得好厲害。」他告訴她。

她把手放到他的前額上。「哎呀，你像泥土一樣冰冷。」她說。「希望你沒有生病。」她用手帕把他的頭包起來。

他們走得很快，幾小時後就到了農場。女孩立刻下馬，敲了敲門，她的父親看見她很吃驚。

「你不是派人叫我回來嗎？」她問。

「我沒有。」他說。

她轉向吉姆，但他不見了，馬也不見了。他們到馬廄找他們，馬在那裡，渾身是汗，嚇得直打哆嗦，但不見吉姆的蹤影。

她的父親嚇壞了，把吉姆去世的真相告訴她，然後立刻去找吉姆的父母。他們決定挖開他的墳墓，屍體還在棺材裡，但他們發現了女孩的手帕包著屍體的頭。

·白狼·

法國溪附近的大灰狼失控了，由於狼群數量太多，農民無法阻止牠們殺死自己的牛羊。於是政府懸賞捉拿牠們，獵人交上一張狼皮，就能領取十美元的賞金。

鎮上有個叫比爾·威廉斯的屠夫認為賞金很不錯，就不再殺牛宰羊，開始捕殺灰狼。他很厲害，每年殺了五百多隻的狼，賺得五千多美元。在那個年代，這是一大筆錢。

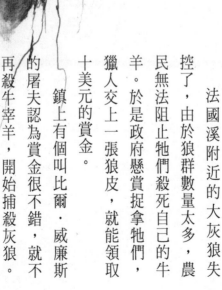

四、五年過去了，比爾殺掉那麼多的狼，使得那一帶幾乎沒有狼了。於是他退休了，也發誓再不傷害狼，因為狼讓他變得富有。

後來有一天，有個農夫說，有頭白狼弄死了他的兩隻羊，他朝牠開槍，但子彈對牠一點作用也沒有。隨後不久，農村裡到處都看得到那隻狼，牠殺死牲畜，跑來跑去，卻沒有人阻止得了牠。

一天晚上，牠來到比爾的院子，咬死了他的愛牛。比爾忘記他絕不再傷害狼的決定，第二天早上就進城買了一隻小羔羊當誘餌。他把羊帶到山裡，綁在樹下，退到大約五十碼距離外，坐在另一棵樹底下。他把槍放在腿上等待。

比爾後來沒有回來，朋友開始找他。他們最後找到了小羔羊，牠仍然綁在樹下。牠很餓，但還活著。他們接著找到了比爾，他仍舊靠著另一棵樹坐著，但已經死了，喉嚨被撕裂了。

但是，沒有掙扎的跡象，他的槍沒有開火，四周的泥土也沒有足跡。至於那隻白狼，牠再也沒有出現過。

‧鬼屋‧

有一回，有個牧師想試一試，看他能否讓他小村子某棟房子裡的冤魂安息。這間房子鬧鬼大約十年了，以前有幾個人打算在那裡過夜，可是總是讓冤魂給嚇著。

因此這位牧師就帶著《聖經》去了那間房子。他走進去，燒旺一爐的火，點了燈，然後坐下來讀《聖經》。就在午夜前，他聽到地窖裡有什麼東西動了起來，來來回回走著。接著，聽起來好像有人想尖叫，卻鯁住喊不出聲。再來是一陣劇烈的掙扎扭動，最後，一切又安靜下來。

老牧師再度捧起《聖經》，只是還沒開始讀，就聽到腳步聲沿著地窖的樓梯傳來。他坐著盯著地窖的門，腳步聲越來越近、越來越近。他看到門把轉了一下，門打開了，他跳了起來，喊著：「你想幹什麼？」

門輕輕關上，半點聲響也沒有。牧師微微顫抖，但是終究翻開《聖經》讀了一會兒。後來，他站起身，將書放在椅子上，走去給火堆添火。

冤魂又開始走動，咚！……咚！……咚！爬上了地窖的樓梯。老牧師坐在那裡看著門，看到門把轉動，門開了。看起來像是個年輕女子，他退後一步說：「妳是誰？妳想幹什麼？」

冤魂似乎不知所措，微微晃了幾下，就消失了。老牧師等啊等的，等到再也聽不到任何聲音，就走過去把門關上。他汗流浹背，渾身發抖，不過他是個勇敢的人，認為他能堅持到底，因此將椅子轉向他能監視的地方，又坐下來等待。

沒過多久，他聽到冤魂又出現了，慢慢地咚！……咚！……咚！……咚！……越來越近……咚！……咚！……就在門口了。

牧師站起來，把《聖經》拿在面前。門把慢慢轉動，門敞開了。這一次，牧師用平靜的聲音說話。他說：「以聖父、聖子和聖靈之名……妳是誰，妳想要什麼？」

冤魂徑直穿過房間，來到他的面前，抓住他的大衣。是一個大約二十歲的年輕女子，她的頭髮被扯斷了，糾纏在一起，臉上的肉脫落了，因此他看到了她的骨頭和部分牙齒。她沒有眼球，不過眼窩底有一種藍色光芒。她臉上沒有鼻子。

她開始說話，聲音聽起來像是隨風搖曳。她說，她的愛人為了她的錢殺了她，將她埋在地窖裡。她說，如果牧師能把她的骨頭挖出來，好好埋葬她，她就能安息了。

她又告訴他，把她左手小手指的末端關節拿去，下次教堂聚會時把它放在奉獻盤上……他就會知道是誰殺了她。

她說：「之後如果你再來一次……你會在午夜聽到我的聲音，我將告訴你我的錢藏在哪裡，你可以把錢捐給教堂。」

冤魂發出嗚咽，像是累了，倒在地板上，接著就不見了。牧師找到她的骨頭，把它們埋在墓地裡。

到了下一個週日，牧師把手指骨放在奉獻盤上，有個人恰好碰了一下，骨頭就黏在他的手上。那人跳起來，又搓又摳又拔，想把那塊骨頭弄下來。他發出尖叫，好像瘋了一樣。他後來承認殺了人，他們把他送入監獄。

那個人被絞死後，牧師在一個午夜回到那間房子，冤魂的聲音要他在爐石下挖洞。他照做了，發現一大袋錢。而在冤魂抓住他大衣的位置上，瘦骨嶙峋的手指在布上烙下了印痕。從此，冤魂不再出現。

・宿客・

一個年輕人和妻子一塊去探望他的母親，他們平常趕得及在晚餐以前抵達，但是他們出門晚了，天色已經漸漸暗了，他們便決定找個地方過夜，第二天早上再繼續上路。

就在路邊，他們看見林裡有一棟小屋。「也許他們有房間出租。」妻子說。於是他們停下來詢問。

一個老人和一個女人走到門口，他們說他們不租借房間，可是樂意讓他們作客過夜，他們有足夠的空間，也喜歡有人陪伴。

老婦人煮了咖啡，拿出一些蛋糕，四個人聊了一會兒。這對年輕夫婦被帶到他們的房間，他們再次解釋說他們想付錢，老人卻說他一毛也不會收。

翌日早晨，年輕夫婦在主人還沒有醒來前就早早起床，在靠近前門的桌子上留下一只信封，裡面裝著一些錢。他們繼續前往下一個城鎮。

他們在一家館子停下來用早餐，當他們告訴老闆他們在哪裡過夜時，老闆很震驚。

「不可能。」他說。「那棟屋子已經燒成平地，住在裡面的男人與女人都命喪火窟。」

年輕夫婦簡直不敢相信，就回去那間屋子，只是現在已經沒有屋子了，他們只發現燒剩的空骨架。

他們站在那裡盯著廢墟，想弄明白發生了什麼事。接著，女人尖叫起來，瓦礫中有一張焚毀的桌子，就像他們在前門看到的那張一樣，桌上放著他們當天早上留下的信封。

吃你眼睛
咬你鼻

各式各樣的事都有可怕的故事，
這裡要講的故事關於一座墳墓、
一個女巫、一名喜歡游泳的男人、
一趟狩獵之旅和一只菜籃。
還有一個蟲吃屍體的故事
——你的屍體。

·靈車之歌·

靈車經過你別笑，
下一個或許是你。
大白床單來一條，
從頭到腳包起來。
放入黑色大箱子，
泥土石頭鋪上去。
一週安然過去後，
棺材開始滲水了。
蠕蟲爬進又爬出，
還在鼻頭玩紙牌。
吃你眼睛咬你鼻，
吞下趾間的黏糊。

大綠蠕蟲翻白眼，
肚子鑽入眼睛出。
綠色黏糊原是胃，
流膿好似鮮奶油。
麵包切片抹一抹，
便是死後的點心。

靈車經過你別笑，
下一個或許是你。

‧站在墳墓上的女孩‧

一天晚上，幾個男孩和女孩參加一場聚會。這條街有個墓地，他們聊著那裡有多可怕。

「天黑後不要站在墳墓上。」一個男孩說。「裡頭的人會抓住你，把你拉到下面去。」

「才沒有的事。」一個女孩說。「那只是迷信。」

「妳去站在墳墓上，我就給妳一美元。」男孩說。

「墳墓嚇不倒我。」女孩說。「我現在就去。」

男孩把他的刀交給她。「把這把刀插進一個墳墓裡。」他說。「我們就知道妳去過了。」

墓地暗影重重，一片死寂。「沒什麼好害怕的。」女孩告訴自己，卻還是害怕了。

她選了一個墳墓，站到上面，迅速彎下腰，把刀插進土裡，就準備要離開。

但是，她走不了，有什麼東西拖住了她！她又試了一次，還是動彈不得，她滿心的恐懼。

「有東西抓住了我！」她放聲尖叫，倒在地上。

她沒有回去，所以其他人來找她，發現她的屍體橫躺在墳墓上。她不知道，原來她把刀子插到地上以前，刀子刺穿了裙子，拉住她的只是那把刀。她是嚇死的。

・一匹新馬・

兩個佃農共用一個房間，一個睡在房間裡面，一個睡在門邊。一段日子之後，睡在門邊的那人開始一大早就覺得很疲倦，朋友問他怎麼了。

「每天晚上都發生了可怕的事。」他說。「有個女巫把我變成馬，騎著我在鄉間跑來跑去。」

「今天晚上我來睡你的床。」他的朋友說。「看看我會發生什麼事。」

大約午夜時分，一個住在附近的老婦人走進房間，對著佃農咕噥了幾句奇怪的話，佃農就發現自己動彈不得。她給他套上馬勒，他就變成了一匹馬。

冷不防，她騎著他以飛快的速度開始穿越田野，還一面鞭打他，要他再跑快一點。不久，他們來到一間正在舉行聚會的房子前，屋裡音樂響亮，很多人在跳舞，大家玩得很開心。老婦人把他拴在籬笆上，然後走進了房子。

她走後，佃農對著籬笆蹭來蹭去，最後馬勒掉下來，他又變回了人。

他走進房子，找到女巫，對著她說了那幾句奇怪的話，用馬勒把她變成了馬，騎著她去找鐵匠，給她安上馬蹄鐵。接下來，他騎著她來到她住的農場。

「我有一匹很好的小雌馬。」他對她的丈夫說。「可是我需要一匹更強壯的馬，你願意交換嗎？」

老人把她檢查了一遍，說願意交換。他們就選了另一匹馬，讓佃農騎走了。

老婦人的丈夫把新馬牽到馬廄，拿下馬勒去掛起來。當他回來時，新的馬不見了，他的妻子卻站在那裡，手腳上都釘著馬蹄鐵。

・鱷魚・

城裡有個年輕女子，嫁給了一個外地來的男子。他人很好，兩人相處融洽，只有一個問題，就是他每天晚上都要去河裡游泳。有時他整夜都不在家，女子抱怨自己非常孤獨。

這對夫妻有兩個幼子，兒子一會走路，他們的父親就開始教他們游泳。等他們年紀夠大了，他晚上就帶他們到河裡游泳。他們經常整夜留在那裡，年輕女人則獨自待在家中。

過了一段日子，女子開始出現奇怪的行徑——至少鄰居是這麼說的。她告訴他們，她的丈夫正在變成鱷魚，他想把孩子變成鱷魚。

大家都告訴她，一個男人帶兒子去游泳沒有什麼不對，這是很自然的事。而且說到鱷魚，附近根本就沒有鱷魚，人人都知道。

一天清晨，年輕女子從河的方向跑進城來，渾身濕透。她說，有隻大鱷魚和兩隻小鱷魚把她往下拉，要她吃生魚。他們是她的丈夫和兒子，她說，他們希望

她和他們住在一起，但是她逃走了。

她的醫生認為她瘋了，讓她在醫院住了一段時間。自此以後，再也沒有人見到她的丈夫和孩子，他們就這麼消失了。

不過偶爾會有漁夫說起晚上在河裡看到鱷魚的事，通常是一條大鱷魚帶著兩條小鱷魚。但是大家說他們只是在瞎編，人人都知道那附近沒有鱷魚。

．還可以再擠一個．

一個名叫約瑟夫．布萊克威爾的人到費城出差，他借住在朋友位於城外的大房子。那天晚上，他們到處逛逛，玩得很開心，但是布萊克威爾上床睡覺後，卻輾轉反側，無法入睡。

夜裡某個時候，他聽到有輛汽車開上車道，就走去窗前，想瞧瞧是誰這麼晚來。月光下，他看見一輛長長的黑色靈車，裡頭坐滿了人。

靈車的司機抬起頭來望著他，布萊克威爾見到他那張古怪醜陋的臉，打了個寒顫。司機對他說：「還可以再擠一個。」接著等了一、兩分鐘，才把車開走。

到了早上，布萊克威爾把發生的事告訴朋友。「你是在作夢。」他們說。

「我一定是在作夢。」他說：「但不像是夢。」

早餐後，他進了費城市區，在城裡一幢新辦公大樓的高樓層度過了一天。

傍晚，他等著電梯把他送回街面，電梯來了，但是裡面擠滿了人。一個乘客往外看，向他喊道：「還可以再擠一個。」那人是靈車司機。

「不，謝了。」布萊克威爾說。「我搭下一班吧。」

門關上了，電梯開始下降。先是傳來尖叫，接著是一聲撞擊。電梯掉到井底，裡頭的人都遇難了。

‧溫迪哥‧

有個富人想到加拿大北部一個很少有人去打獵的地方打獵。

他到商棧，想找個嚮導帶他，但是沒有人願意，他們說太危險了。

最後，他找到一個急需用錢的印第安人，他答應帶他去。這個印第安人的名字叫迪法哥。

他們在一座大冰湖附近的雪地上紮營，打了三天的獵，但是一無所獲。第三晚颳起了暴風，他們躺在帳篷裡，聽著狂風呼嘯，樹木來回搖晃。

為了看得更清楚，獵人掀開帳篷，眼前的景象卻令他大吃一驚。天地間一絲風也沒有，樹木也完全靜止不動。但是，他聽到風在咆哮，而且越聽越覺得那聲音在呼喚迪法哥的名字。

「迪……法……哥！」它喊著。「迪……法……哥！」

「我一定是瘋了。」獵人心想。

但是迪法哥鑽出了睡袋，蜷縮在帳篷的一角，將頭埋在胳膊裡。

「這是怎麼回事？」獵人問。

「沒什麼。」迪法哥說。

可是風繼續呼喚他，迪法哥越來越緊張不安。

「迪……法……哥！」它喊著。「迪……法……哥！」

突然間，他跳了起來，準備跑出帳篷，可是獵人抓住了他，把他摺倒在地上。

「你不能留我在野外。」獵人大喊。

這時，風又呼喚了，迪法哥掙脫開來，跑進黑暗中。獵人聽到他一面走遠一面尖叫，一遍又一遍喊著：「哎呀，我的腳好燙，我的腳燒起來了……」他的聲音漸漸消失，風也漸漸平息。

天亮時，獵人沿著迪法哥在雪地上的腳印往前走，腳印穿過樹林，朝湖邊走去，來到冰面上。

但是他隨即注意到一些奇怪的事。迪法哥邁開的步伐越來越長，太長了，沒有人能跨出這麼大的步伐，好像有什麼東西幫助他倉皇離開。

獵人跟著足跡一路走到湖中央，腳印卻在那裡消失了。一開始，他以為迪法哥掉入冰裡，可是那裡沒有洞。接著，他猜想有什麼東西把他從冰面拉到空中，但是那也說不通。

他站在那裡，想知道發生了什麼事，這時風颳了起來，不久又像前一日晚上那樣怒吼起來。他聽到了迪法哥的聲音，聲音是從上方傳來的。他又聽到迪法哥在尖叫：「……我的腳好燙，我的腳燒起來了……」但是什麼也看不見。

於是獵人想盡快離開那個地方。他回到營地收拾東西，還給迪法哥留了些吃的，就動身離開了。幾週後，他回到文明世界。

第二年，他又去那一帶打獵。他到同一個商棧找嚮導，那裡的人無法解釋迪法哥那個晚上出了什麼事，但是自此以後，他們再也沒有見過他。

「也許是溫迪哥。」其中一個人說著就笑了。「大家相信它是跟著風來的，用飛快的速度拖著你，直到你的腳燒掉，被燒掉的還不只那裡而已。接著，它把你帶到天空，再將你扔下。這只是一個瘋狂的故事，不過有些印第安人就是這麼說的。」

幾天後，獵人又來到商棧。一個印第安人走進來，在火爐旁坐下。他裹著毯子、戴著帽子，所以看不見他的臉。獵人覺得他有點眼熟。

他走過去問：「你是迪法哥嗎？」

那個印第安人沒有回答。

「你知道他的事嗎？」

沒有回答。

他開始懷疑是不是有什麼不對勁，這人是否需要幫助，但是他看不見他的臉。

「你沒事吧？」他問。

沒有回答。

為了把他看清楚，他拿起印第安人的帽子，然後就尖叫起來。帽子底下，除了一堆灰燼，什麼也沒有。

·死人的腦袋·

這個恐怖故事是一個萬聖節玩的恐怖遊戲，但是只要生靈感動了你，任何時候都可以玩。

在黑漆漆的房間，玩家坐著圍成一圈，聽講故事的人描述一具腐屍的殘骸，每一個部位都傳下去給大家摸一摸。

在一個玩法中，玩家如果因為害怕發出尖叫或喘息，他就出局了。另一個玩法是，不管有多害怕，每個人都要玩到最後。

故事是這樣的：

從前，這個鎮上住著一個叫布朗的男人，在多年前的這天晚上，有人為了洩憤殺了他。

他的遺骨在這裡。

首先，讓我們摸摸他的大腦。（一顆濕漉漉、黏糊糊的番茄）

接著是他的眼睛，仍舊是吃驚發愣的眼神。（兩顆去皮葡萄）

HOME
SWEET
HOME

這是他的鼻子。（雞骨頭）
這是他的耳朵。（杏子乾）
這是他的手，有腐爛的肉和骨頭。（裝滿爛泥或冰的布或橡膠手套）
但是他的頭髮還在長。（一把玉米絲、濕毛或紗線）
他的心還在不停跳動。（一片生肝）
他還在流血，手指蘸一下，很溫暖舒服哦。（一碗用溫水稀釋的番茄醬）
沒了，剩下就只有這些蟲子，牠們吃掉他其餘的部分。（一把濕答答的煮熟義大利麵）

‧「我可以幫妳提籃子嗎？」‧

山姆‧路易斯晚上在朋友家下棋，下到幾乎半夜才結束。結束後，他走路回家，外頭很冷，像墳墓一樣寂靜。

轉了個彎後，他詫異地看到有個女人走在他前面的路上，她提著一個蓋著白布的籃子。他趕上她後，想看看那人是誰，但是她裹得嚴嚴實實，根本看不見她的臉。

「晚安。」山姆說。「妳怎麼這麼晚還出門？」

但是她沒有回答。

他又說：「我可以幫妳提籃子嗎？」

她把籃子遞給他，布底下傳來一個細小的聲音說：「你人真好。」接著是一陣狂笑。

山姆嚇了一跳，扔下籃子，一顆女人頭滾了出來。他看了看頭，又看了看那個女人。「是她的頭！」他尖叫一聲，開始奔跑，女人和她的頭也開始追趕他。

不久，頭追上他，往上一彈，咬了他的左腿。山姆痛得哇哇大叫，跑得更快了。

但是那個女人和她的頭就在後面，頭不久後又跳了起來，咬了他另一條腿。然後她們就走了。

其他危險

這本書中大多數的恐怖故事流傳已久，
不過本篇的故事是近年才有人說的，
描述今日生活中所面臨的危險，
年輕人之間常講這些故事。

・鉤子・

唐納德和莎拉去看電影，之後又坐唐納德的車去兜風。他們把車停在小鎮邊上的山丘，從那裡可以看到山谷上上下下的燈火。

唐納德打開收音機，找到了音樂，但是播音員打斷了音樂，插播一則新聞。有個殺人犯從州監獄逃跑，他帶著一把刀，徒步往南走去，他沒有左手，左手的位置戴著一個鉤子。

「我們把車窗搖起來，把車門鎖好。」莎拉說。

「好主意。」唐納德說。

「監獄離這不遠。」莎拉說。「也許我們實在應該回家了。」

「可是現在才十點鐘。」唐納德說。

「我不管現在幾點了。」她說。「我想回家了。」

「聽我說，莎拉。」唐納德說。「他不會一路爬上這裡來的，他為什麼要爬上來呢？就算他爬上來了，車門都鎖上了，他要怎麼進來呢？」

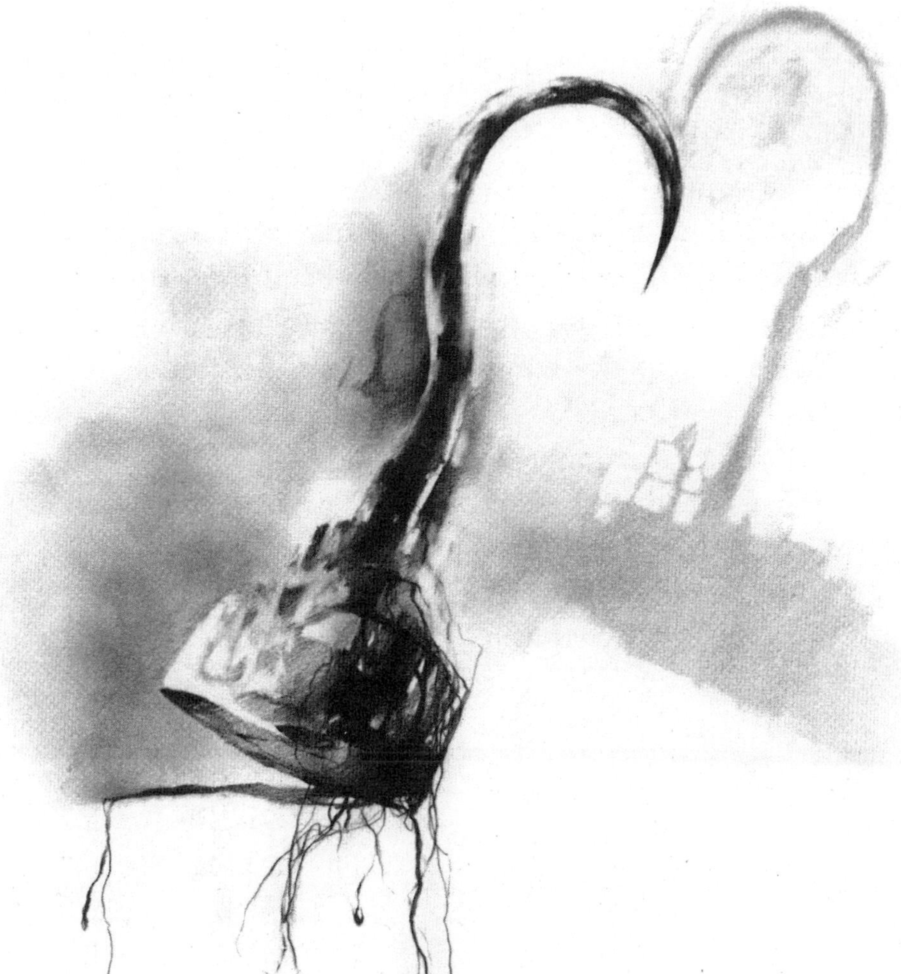

「唐納德，他可以用鉤子打破車窗，然後打開車門。」她說。「我很害怕，我想回家。」

唐納德很生氣。「女孩老是害怕東害怕西。」他說。

他啟動汽車時，莎拉覺得聽到有人還是什麼東西在刮她那側的車門。

「你聽到了嗎？」車子呼嘯開走時，她問：「聽起來好像有人想進來。」

「是噢。」唐納德說。

他們很快到了她家。

「要進來喝熱可可嗎？」她問。

「不了。」他說。「我得回家了。」

他繞到車子另一邊要讓她下車，結果門把上掛著一個鉤子。

·白緞晚禮服·

有個年輕人邀請一個小姐參加正式的舞會，但是她很窮，買不起這種場合所需要的晚禮服。

「妳也許可以去租件禮服。」她的母親說。所以她就去了離家不遠的當舖，找到了一件合她尺寸的白緞晚禮服，穿上去很漂亮，而且租金很便宜。

她和朋友到了舞會後，因為她非常迷人，人人都想認識她，她跳舞跳個不停，玩得很開心。但是她開始覺得頭暈，就要朋友帶她回家。「我想我跳太多舞了。」她告訴他。

回家後，她上床躺下。第二天早上，她的母親發現她的女兒死了，醫生不明白她的死因，就要驗屍官驗屍。

驗屍官發現她是被防腐液毒死的，防腐液阻止了血液流動。她的禮服上有液體的痕跡，所以驗屍官斷定，她跳舞時出了汗，導致防腐液滲入她的皮膚。

當舖老闆說，這件禮服他是跟殯儀館的助手買的，禮服曾在另一位年輕女子的葬禮上使用，而在她下葬以前，助手偷走了禮服。

・遠光燈・

開那輛老舊藍色轎車的女孩是一所高中的高三學生，住在八英里外的農場，開車上下學。

那天晚上，她開車進城看籃球比賽，然後要回家了。當她開車離開學校時，注意到有輛紅色貨卡車尾隨她出了停車場，幾分鐘後，那輛卡車還在她的後面。

「看來我們要去同一個方向。」她心想。

她開始用鏡子觀察卡車，她改變車速，卡車司機也改變車速；她超車，他也超車。

接著，那人打開他的遠光燈，她的車子內變得非常明亮。那人把燈開了將近一分鐘。「他可能想超過我。」她心裡這麼想，但是開始覺得不安。

她通常走一條小路回家，那條路很少有人走，可是當她拐上那條路時，卡車也轉向了。

「我必須擺脫他。」她心想。她加快車速，那人又打開遠光燈，過了一分鐘，才把燈關掉。接著，他重複開燈、關燈的動作。

她開得更快了，但卡車司機緊跟在後面。他又打開遠光燈，她的車子再一次被燈光照亮。「他在幹什麼呢？」她覺得疑惑。「他到底想要什麼呢？」接著，他又把燈關了，只是過了一分鐘，他又打開燈，接下來卻沒有關掉。

最後她把車開進她家的車道，卡車在她的後面停下來。她跳下車，衝進屋子。「快報警！」她衝著父親尖叫。在屋外的車道上，她看見卡車司機，他拿著槍。

警察到達後，動手想要逮捕他，但是他指著女孩的車。「不要抓我。」他說。「你要抓的是他。」

駕駛座後面蹲著一個男人，他手裡有把刀。

*

卡車司機解釋說，就在女孩離開學校前，這個男人溜到她的車裡。他親眼目睹一切，但是沒有辦法阻止，想去叫警察，卻又不敢離開她，所以就一路尾隨她的車。

每當後座的男人伸手想制伏女孩，卡車司機就打開遠光燈，那人就會趴下，生怕有人看到他。

・保姆・

晚上九點鐘，大夥坐在電視機前的沙發上，理查、布萊恩、珍妮和保姆多琳都在。

電話鈴響了。

「也許是你媽媽。」多琳說。她接起電話，但還沒來得及說話，一個男人就歇斯底里地笑了起來，然後把電話掛了。

「是誰打來的？」理查問。

「某個怪人。」多琳說。「電視剛才播了什麼？」

九點半，電話又響了。多琳接起，就是先前打電話來的男人。「我馬上就到。」他說。他笑了幾聲，掛上電話。

「是誰打來的？」孩子問。

「一個瘋子。」她說。

大約十點鐘，電話又響了，珍妮先拿起電話。

「喂。」她說。

是同一個人。「再一個小時。」他說。他笑了幾聲，掛上電話。

「他說『再一個小時』，他是什麼意思？」珍妮問。

「別擔心。」多琳說。「有人在搞怪。」

「我好害怕。」珍妮說。

大約十點半，電話又響了。多琳接起來後，男人說：「不久了。」他笑了。

「你為什麼要這麼做？」多琳尖叫，他掛上電話。

「又是那個傢伙嗎？」布萊恩問。

「對。」多琳說。「我打去向接線生抱怨。」

接線生告訴她，如果再發生這種情況，請再撥電話過去，她會設法追蹤來電。

十一點鐘，電話又響了，多琳接起。「馬上。」那人說著笑了起來，掛上電話。

多琳打電話給接線生，接線生幾乎立刻又打回來。「那個人正用樓上的電話打電話。」她說。「你們最好離開，我會報警。」

就在這時，樓上有扇門開了，一個他們從未見過的男人朝他們走下樓。他們往屋外跑，男人笑得很詭異。幾分鐘後，警察來了，找到男人，將他逮捕。

「啊……！」

本篇和第一篇標題相同，
只是第一篇的故事是要嚇你，
這一篇的故事是要讓你噗哧一笑。

・殺你全家・

有個寡婦獨自住在公寓頂樓。

某天早上，她的電話響了。

「你好。」她說。

「我要去殺妳全家。」一個男人說。「我要上去了。」

「有人在搞怪。」她心想，然後掛了電話。

半小時後，電話又響起，是同一個人。

「我要去殺妳全家。」他說。「我馬上要上去了。」

寡婦不知道該怎麼想，但是開始覺得害怕。

電話又響了，又是殺手。

「我現在上去了。」他說。

她立刻報警，警方說馬上就來。門鈴響起，她鬆了一口氣。「他們來了！」她想。

但是當她打開門時，外頭站著一個小老頭，他帶著水桶和抹布。「我來殺妳全家。」他說。「我會幫妳把家裡的窗戶『殺』乾淨。」

‧閣樓‧

一個叫魯伯特的人和他的狗住在森林深處的屋子裡。魯伯特是獵人，擅長設陷阱；狗的名字叫山姆，是一頭巨大的德國牧羊犬，魯伯特從小把山姆養大。

幾乎每天早上，魯伯特都會去打獵，山姆則留下來看家。有天早晨，魯伯特在查看陷阱時，有預感家裡出了事。

他用最快速度趕回去，回到家時，卻發現山姆不見了。他找遍屋子和附近樹林，卻見不到山姆的蹤影。他喊了又喊，狗卻沒有回應。魯伯特找山姆找了好幾天，還是沒有發現牠的蹤跡。

最後，他放棄了，繼續做他的工作。但是，有一天早上，他聽到閣樓裡有什麼東西在動。他拿起槍，心想：「我最好不要發出聲響。」

於是，他脫下靴子，赤腳爬上閣樓的樓梯。他慢慢走了一步……又一步……又一步，最後走到閣樓門口。

他站在外面聽，不過什麼也沒聽到。他打開門，接著……

「啊……！！」

（這時，講故事的人停下來，好像講完了一樣。接下來通常會有人問：「魯伯特為什麼尖叫？」

講故事的人回答：「如果你光著腳踩到釘子，你也會尖叫。」）

·滑溜精·

滑溜精，
他從海裡出來了；

他把其他的都吃掉，
就是沒有吃掉我。

滑溜精，
他從海裡出來了；

他把其他的都吃掉，
就是沒有吃……
稀……里……呼……嚕……

那個死人
舞跳得真好！

・艾倫・凱利的屍骸・

艾倫・凱利去世了，他們給他買了一口棺材，辦了葬禮，將他埋了。但是那天晚上，他爬出棺材，回家去了。他走進去時，家人正圍坐在火爐旁。

他在他的寡婦旁邊坐下。他說：「發生了什麼事？你們大家的樣子好像有人死掉一樣，誰死了？」

他的寡婦說：「是你死了。」

「我不覺得自己死了。」他說。「我覺得很好。」

「你看起來不太好。」寡婦說。「你看起來死了，你最好回到墳墓，你應該待在那裡。」

「除非我覺得自己死了，否則我是不會回墳墓去的。」他說。

由於艾倫不肯回去，寡婦無法領取他的人壽保險，而沒有這筆錢，她付不了棺材的錢，殯儀館的人就說要把棺材收回去。

艾倫才不在乎，他只是坐在火爐旁，搖著椅子，暖暖手，又暖暖腳。只是他的關節是乾的，背是僵的，每次一動，他就咯吱咯吱發出聲響。

有天晚上，城裡最厲害的小提琴手來跟寡婦獻殷勤，因為艾倫死了，小提琴手想娶她為妻。他們兩人坐在火爐的一側，艾倫坐在火爐的另一側，不停發出咯吱咯吱的聲音。

「我們還得忍受這死屍多久？」寡婦問。

「不採取行動不行。」小提琴手說。

「氣氛不大愉快。」艾倫說。「我們來跳舞好了！」

小提琴手拿出小提琴開始演奏，艾倫伸了個懶腰，晃了晃身子，站起身來，邁開一兩步，開始跳起舞來。

他的老骨頭劈啪作響，他的黃板牙格格直響，一顆禿腦袋左搖右擺，胳膊則是前後甩盪……他一圈又一圈跳著。

他在房裡蹦蹦跳跳，一雙長腿喀嚓喀嚓響著，膝蓋骨也嗶嗶剝剝敲著。那個死人舞跳得真好，但是很快有根骨頭鬆了，掉到地上。

「瞧！」提琴手說。

「拉快一點！」寡婦說。

小提琴手拉得更快了。

死人像蟋蟀一樣，唧唧吱吱，不停跳上跳下，乾枯的骨頭不斷往下掉——這裡一根，那裡一塊，骨塊咚咚直響。

「拉，你，繼續給我拉！」寡婦喊著。

小提琴手拉琴，死了的艾倫跳舞。然後，艾倫散開了，癱倒在骨頭堆中，只剩下光禿禿的頭骨，它竟然對小提琴手咧嘴一笑，牙齒咯咯作響，而且繼續跳著舞。

「瞧！」小提琴手發出呻吟。

「拉大聲點！」寡婦叫道。

「呵呵！」頭骨說。「我們這不是玩得很開心嗎？」

小提琴手受不了了。「寡婦，我要回家了。」他說。他從此再也沒有來過。

家人把艾倫的骨頭蒐集起來，放回棺材。他們把骨頭弄混了，所以艾倫不能把骨頭組合起來。此後，艾倫就留在他的墳墓裡。

不過他的寡婦也沒有再嫁，艾倫已經確保她嫁不了了。

・等到馬丁來・

一個老人出門散步，碰上暴風雨，便想找個地方躲一躲。不久，他走到一棟老房子前。他跑上門廊，敲了敲門，但是沒有人應門。

此時，大雨傾盆，雷聲隆隆，電光閃動，所以他伸手試了試門，發現門沒鎖，就自己進去了。

除了一堆木箱以外，房子裡面空空蕩蕩。他拆了幾個箱子，用它們生了火，坐在火前把身體擦乾。屋裡又溫暖又舒適，他於是睡著了。

當他醒來時，有隻黑貓坐在火邊。牠盯著他看了一會兒，發出愉快的呼嚕聲。「那是一隻可愛的貓。」他心想，然後又打起瞌睡來。

當他睜開眼睛時，屋裡有了另一隻貓，但這隻與狼一樣大。牠仔細地瞧著他，問：「我們現在就動手好嗎？」

「不。」另一隻貓說。「我們等到馬丁來。」

「我一定是在作夢。」老人心想，又閉上眼睛。當他睜眼再看時，屋裡卻有

了第三隻貓，這一隻有老虎那麼大。牠把老人打量了一番，問：「我們現在就動手好嗎？」

「不。」其他貓說。「我們等到馬丁來。」

老人跳了起來，躍出窗去，開始奔跑。「馬丁來的時候，你們告訴他我等不及了。」他喊道。

‧手指流血的鬼魂‧

深夜，一個商人來到旅館，想要一個房間。櫃檯接待員告訴他旅館客滿了，「只剩一間空房。」他說。「但是那間不租，因為裡面鬧鬼。」

「我願意住。」商人說。「我不信鬼。」

那人走到樓上房間，打開行李，上床去睡覺。他一上床，一隻鬼就從壁櫥跑出來，它的手指正在流血，它發出嗚嗚的呻吟。「手指流血了！手指流血了！」男人見到了鬼，抓起他的東西就跑。

第二天晚上，一個女人很晚才到，又一次，除了鬧鬼的房間，所有的房間都住了人。

「我去睡那裡。」她說。「我不怕鬼。」

她一上床，鬼就從壁櫥裡跑出來，它的手指還在流血，它還在發出嗚嗚的呻吟。「手指流血了！手指流血了！」女人看了一眼就跑掉。

一週後，另一位客人很晚才到，也住進了鬧鬼的房間。

他打開行李，拿出吉他，開始彈起來。不久，鬼出現了，和以前一樣，它的手指正在流血，它發出嗚嗚的呻吟。「手指流血了！手指流血了！」

那人沒有注意，只是不停彈吉他。但是鬼魂呻吟不斷，手指也流血不止。

最後，吉他手抬起頭來。「冷靜點，老弟！」他說。「自己去找個ＯＫ繃貼吧。」

註釋、出處中的縮寫

CFQ《加州民俗季刊》（*California Folklore Quarterly*）

HF《胡傑民間傳說》（*Hoosier Folklore*）

HFB《胡傑民間傳說公報》（*Hoosier Folklore Bulletin*）

IF《印第安納州民俗》（*Indiana Folklore*）

JAF《美國民俗期刊》（*Journal of American Folklore*）

KFQ《肯塔基州民俗期刊》（*Kentucky Folklore Quarterly*）

MFA 馬里蘭州大學公園市馬里蘭大學馬里蘭民俗檔案（Maryland Folklore Archive）

NEF《東北民俗》（*Northeast Folklore*）

NMFR《新墨西哥州民俗紀錄》（*New Mexico Folklore Record*）

NYFQ《紐約民俗季刊》（*New York Folklore Quarterly*）

PTFS 德州民俗學會出版品（Publication of the Texas Folklore Society）

RU　編纂者所蒐集的民間傳說，由他在紐約州新伯倫瑞克羅格斯大學學生提供（一九六三年至一九七八年）。

SFQ《南方民俗季刊》（*Southern Folklore Quarterly*）

UMFA　麻州阿姆赫斯特麻州大學民俗檔案（University of Massachusetts Folklore Archive）

WSFA　密西根州底特律韋恩州立大學民俗檔案（Wayne State University Folklore Archive）

註釋

嚇人一跳的故事（第十六至三十三頁）：嚇人一跳的故事有幾十個，但今日只有兩個廣為人知，一個是在第一篇出現的〈大腳趾〉，流傳於美國東南地區；另一個是〈金手臂〉（The Golden Arm），〈大腳趾〉是從這個故事衍生來的。

在〈金手臂〉中，有個男人娶了一個女人，她有隻製作精美的金手臂。女人死了以後，男人從她的墳墓偷走了手臂，目的只是要讓她的鬼魂回來討回去。在一些不同的版本中，他偷走的是金色心臟、金頭髮或鑽石眼睛。又或者，涉及了人吃人的情節，而他吃掉的器官，通常是肝臟或心臟。

〈大腳趾〉是一則美國故事，〈金手臂〉在美國廣為流傳，不過在英國和德國都有前身，早在十九世紀，格林兄弟就記述了其中一個版本，不過故事在那個時代以前就有了。

馬克．吐溫常常在公開表演中說〈金手臂〉的故事，以下是他對「讓人嚇得跳起來」那句話的建議，這個建議也適用於講〈大腳趾〉。

「你一定要用非常悲傷的語調，像在指控一樣，哀號著說『誰拿了我的金手臂？』；然後你『停頓一下，然後你』目不轉睛，用令人肅然起敬的眼神，盯著某人的臉……最好是一個女孩……讓那個教人敬畏的停頓發展為深沉的無聲，等無聲到了恰當的長度，猛然跳向對方，大喊：『你拿走了！』

「如果你停頓得恰到好處，她會發出一聲可愛的尖叫，然後跳起來，鞋子留在原地……」

講這種嚇人一跳的故事有三種手法，第一篇出現了兩個。在第三種手法中，鬼回來尋找失竊的東西，盜墓者佯裝無辜，詢問鬼的身體各個部分怎麼了，聽到每一個問題，鬼都回答說：「都乾枯消瘦了。」等到盜賊提起被偷走的那部分屍體時，鬼則是尖叫道：「你拿走了！」（請參閱Botkin, *American*, pp. 502–503; Burrison; Roberts, *Old Greasybeard*, pp. 33–36; Stimson, *JAF* 58:126）。

鬼魂（第三十四至四十九頁）：幾乎每個文明都相信死人會返回人間，據說他們回來有種種原因——他們的生命在「大限」前就結束了；他們沒有被妥善安葬；他們有重要的事要完成，或者有責任要履行；他們想懲罰某人或是報復，或者他們想安慰或勸告某人，或者要得到寬恕。

據說有的鬼以人的模樣回來，實際可能就像他們活著的時候一樣，他們所遇到的人可能沒有發現他們是鬼。

這種「活鬼」最有名的，是像幽靈一樣或者逐漸消失的搭便車路人，駕車者通常在深夜遇到它，它站在街角或路邊，請求對方送它回家。

它坐在汽車後座，當駕駛找到他拿到的地址時，發現它已經消失了。他把這件事告訴它的家人，獲知它幾年前的那個晚上就在他讓它上車的地方身亡。

第二篇有兩個活鬼的故事：〈像泥土一樣冰冷〉和〈宿客〉。

據說有人死後化成動物回來，尤其是狗。其他鬼魂可能像幽靈，或是看起來像一顆火球或一束移動的光。又或者，他們可能透過所發出的聲音或所採取的行動，比如砰的一聲關上門，把鎖上的鑰匙弄得咔噠咔噠響，或者移動家具，讓人知道它們的存在。

也有關於動物鬼魂的傳說，槍、靴子、步槍、火車和汽車等等與死亡有關的物體，也有與其鬼魂有關的記述。

人類鬼魂會做許多人類做的事，吃吃喝喝、乘火車、搭公車、彈琴、釣魚。他們會笑，會哭，會高呼低喚，也能發出各種聲音。

鬼完成它要做的事後，可能回到它的墳墓，但有時可能需要一個人的幫忙，比如可能對「驅鬼」或安魂有經驗的牧師。

如果想看到或聽到鬼的聲音，有幾個推薦的方法：從左肩回頭看；看穿騾子的任一隻耳朵；和另一個人一塊照鏡子；在桌子周圍擺上六個純白的盤子，然後中午去墓地，呼喚你認識而且被埋在那裡的人的名字。

如果遇到鬼，最好和它說話，如果你和它說話，也許能協助它完成它正在做的事情，助它返回墳墓。有人說這樣跟鬼魂說話最有效：「以上帝之名（或以聖父、聖子和聖靈之名），你想要什麼？」他們也說，拿《聖經》可以保護你不受一心報復的鬼魂的傷害，同時傳達你的誠意。

不過大多數鬼不被認為是危險的，如同民俗學家瑪麗亞．李奇所指出的，「鬼通常是一些無害的可憐靈魂……想找一個善解人意的善良人和它說說話，幫它一點小忙。」請參閱Beardsley and Hankie, *CFQ* 1:303–36；*CFQ* 2:3–25；Creighton, pp. i–xi；Hole, pp. 1–12；Gardner, p. 85；Leach, *Dictionary*, 〈Revenant,〉 pp. 933–34；Leach, *Thing*, pp. 9–11。

〈那東西〉（第三十六至三十八頁）：這個故事講的是死亡的預兆或預警，警告化成骷髏形影，出現後追著主要角色跑。骷髏其實是「死靈」，這個幻影描繪了活人對於死亡的想像。不過最常有人反映的預兆是聽到的，而非看到的，聽起來像是敲門聲或鐘鳴聲。請參閱Creighton, pp. 1–7, 69–70。

〈鬼屋〉（第四十三至四十六頁）：某個人勇敢地在鬼屋裡待了一夜，往往因為他的勇氣得到褒獎——這樣的故事在世界各地一遍又一遍講述。這種故事有許多版本，不過主題始終未變。在這本書中，故事有四種截然不同的改編：〈咪噠哆嘀—噠喔嗑！〉、〈鬼屋〉、〈等到馬丁來〉和〈手指流血的鬼魂〉。故事被歸類為「326型」民間故事（想知道恐懼是什麼的年輕人）。請參閱Ives, *NEF* 4:61–67; Roberts, *Old Greasybeard*, pp. 72–74, 187; Roberts, *South*, pp. 35–38, 217–18。

〈靈車之歌〉（第五十二至五十四頁）：許多成人對這首歌耳熟能詳，不過它在小學最為出名。在第一次世界大戰期間，這是美、英兩國軍人傳唱的戰爭歌曲，有個版本是這樣唱的：

靈車駛經你想過，
總有一天你會死？

黑色大車帶你走；
從此以後不復返。
……
你的眼睛掉出來，
牙齒接著凹下去。
蟲子爬過嘴與頰；
蟲子鑽出又爬進，
四肢根根掉下來。

在那之後，歌詞改了很多，蟲子如今在你的鼻子上玩紙牌遊戲，腳趾間有了黏糊，膿液像鮮奶油一樣，從你的胃裡淌流出來。

聽在兒童的耳裡，這首歌噁心多過於可怕。有一位學者認為歌詞的變動與功能的變化有關，在第一次世界大戰期間，這首歌幫助軍人面對他們所感受到的恐懼，如今它則幫助孩子確認死亡的現實，卻又通過諷刺和幽默為他們否認了死亡的現實。

這首歌屬於古老的詩歌傳統，在中世紀，許多歐洲國家的詩歌以死亡與腐朽為主題，下面這首十二世紀詩就是這一類詩，這首詩是從中古英語翻譯過來的：

一條邪惡的蟲子住在我的脊骨；
我的眼睛模糊，看不清楚；
我的五臟腐爛，我的頭髮發綠；
我的牙齒笑得好可怕。

當時，這樣的詩歌可能還有另一個目的，也就是讓人的思想從肉體轉移到來世，請參閱Doyle, PTFS 40:175–90；〈靈車之歌〉在第一次世界大戰的兩個版本，請參閱Sandburg, p. 444。

〈溫迪哥〉（第六十四至六十八頁）：溫迪哥（拼作Wendigo或Windigo）是個女妖精，代表北國森林的酷寒，在加拿大和美國最北部地區的森林印第安人民間傳說中，扮演重要角色。

根據這個傳說，溫迪哥以不可抗拒的方式呼喚受害者，吸引他們靠近，再以飛快的速度帶走他們，最後將他們掃向天空再扔下來，於是腳不見了，剩下結冰的殘肢。當他們被帶走時，一般會大叫：「……我的腳好燙，我的腳著火了！」

對付溫迪哥的唯一辦法是制伏被呼喚的人，但是妖精會設法引誘制止他的那個人，請參閱Crowe, *NMFR* 11:22–23。

在一些北方部落的傳說中，溫迪哥不是代表寒冷的妖精，而是食人巨人，為了吃人而殺人。十九世紀，有些印度人也有吃人肉的衝動，人類學家後來用「溫迪哥精神病」來描述這種疾病。請參閱Speck, *JAF* 48:81–82; Brown, *American Anthropologist* 73:20–21。

信仰傳說（第七十四至八十七頁）：第四篇的故事不難相信，主角是一般人，描述的事件似乎沒有超出可能發生的範圍。

但是在本國不同地方，一再有人描述相同事件，而故事永遠無法追溯到實際的參與者，最接近的往往是認識當事人的熟人的描述。

（一個已知的例外是「死亡汽車」的傳說，一輛新型號汽車以賤價售出，因為車裡有一股屍臭消除不了，民俗學家多森追查後，發現故事源自密西根州米科斯塔，事件發生在一九三八年。）

這些故事大多傳達出民眾對生活某些方面的焦慮，它們從強化這些恐懼的事件和謠言演變而來，並且繞著恐懼建構發展。

民俗學家說這些現代傳說是「漂泊的信仰傳說」，之所以「漂泊」，因為它們不像傳統傳說會留在某一地區。它們是最有活力的現代民俗形式之一。

第四篇的故事全是年輕人可能面臨的某些危險的信仰傳說，第三篇的故事〈還可以再擠一個〉是另一個信仰傳說，與超自然力量有關，在美國和不列顛群島的幾個地方都有傳聞。

這些傳說也與暴力、恐怖、科技帶來的威脅、不潔的食物、與親友的關係、個人的尷尬和其他焦慮來源有關。

它們通過口耳相傳，但是有時媒體也會報導，讓故事進一步傳出去。請參閱 Brunvand, *American*, pp. 110–12；Brunvand, *Urban American Legends*；Dégh, 《〈Belief Legend,〉》 pp. 56–68。

〈白緞晚禮服〉（第七十九至八十頁）：這個故事在古希臘有兩個版本，大力士海克力士死時，穿著妻子用他的競爭對手半人馬涅索斯的鮮血下了毒的袍子。美狄亞送一件毒袍給格勞斯，也就是她的前夫傑森打算迎娶的女人，格勞斯想穿上袍子，結果死了。請參閱Himelick, *HF* 5:83–84。

出處

介紹每一則的出處、不同版本以及相關資訊。如果有蒐集者（C）和提供故事者（I），也一併列出他們的名字。

奇怪恐怖的東西

第十五頁「從前有個男人住在……」：馬米留斯王子在《冬天的故事》（*The Winter's Tale*）第二幕第一景開始講故事，為了清楚起見，引用的句子稍微重新排列，請參閱Shakespeare, p. 1107。

第一篇　「啊……！」

第十八頁〈大腳趾〉：〈大腳趾〉是美國南部廣為流傳的傳統故事，有許多版本，我是第二次世界大戰期間在美國海軍服役時聽到的，告訴我的人是出身維吉尼亞州或西維吉尼亞州的水手。故事憑著記憶複述流傳，類似故事請參閱Boggs,

JAF 47:296；Chase, *American*, pp. 57–59；Chase, *Grandfather*, pp. 22–26；Kennedy, PTFS 6:41–42；Roberts, *South*, pp. 52–54。

第二十二頁〈步行〉：(I)克諾頓（Edward Knowlton），緬因州斯托寧頓，一九七六年。類似故事請參閱以嚇人一跳的「哇！」結束的蘇格蘭故事〈Ma Uncle Sandy〉，故事收錄在Briggs, *Dictionary*, Part A, vol. 2, p. 542。

第二十四頁〈「你來幹什麼？」〉：是一個在美國和不列顛群島反覆講述的故事。請參閱Bacon, *JAF* 35:290；Boggs, *JAF* 47:296–97。〈The Strange Visitor〉是十九世紀蘇格蘭版本，請參閱Chambers, pp. 64–65。

第二十六頁〈咪噠哆嘀—噠喔嗑！〉：改編自一九四〇年哈爾佩特（Herbert Halpert）在印第安那州布隆明頓蒐集到的一則肯塔基故事，提供故事的是梅爾徹女士（Otis Milby Melcher）。哈爾佩特博士的故事描述以及採訪故事提供者的內容，請參閱*HFB* 1:9-11，他的故事標題是〈The Rash Dog and the Bloody Head〉。根據故事提供者提供的述說建議，故事略有擴充，結尾也稍加修改過。在原始結局中，講故事的人在狗死了以後停頓一下，然後大喊「噓！」。幾個聽過這個故事的孩子認為結局不夠恐怖，緬因州班戈十二歲的塔克（Bill Tucker）和十二歲的格林（Billy Green）建議修改。主題：H. 1411.1（恐懼考驗：住在鬧鬼的房子，一具屍體從煙囪零零落落掉下來）。相關的鬼屋故事請參閱Boggs, *JAF* 47:296–97；Ives, *NEF* 4:61–67；Randolph, *Turtle*, pp. 22–23；Roberts, *South*, pp. 35–38。在本書中，請參閱〈鬼屋〉，第四十三到四十六頁。

第二十九頁〈住在里茲的男人〉：(I)奧布萊恩（Tom O'Brien），舊金山，一九七五年。故事提供者在二十世紀初從他的英國父親那裡聽來了這個故事。英國有一個類似故事，請參閱Blakesborough, p. 258。

第三十一頁〈瘦得皮包骨的老婦人〉：美國與不列顛群島的傳統歌謠與故事。不同的版本，請參閱Belden, pp. 502–503；Chase, *American*, p. 186；Cox, *FolkSongs*, pp. 482–83；Flanders, 180–81;Stimson, *JAF* 58:126。

第二篇　他聽到腳步聲沿著地窖的樓梯傳來……

第三十六頁〈那東西〉：這則死亡預告的故事是根據克萊頓（Helen Creighton）書中一則紀錄改編，*Bluenose Ghosts*, pp. 4–6。

第三十九頁〈像泥土一樣冰冷〉：這是一個在英國和美國流傳的故事，根據英國民謠〈The Suffolk Miracle〉而來，請參閱Child, vol. 5, no. 272, p. 66。維吉尼亞州流傳的故事文本，請參閱Gainer, pp. 62–63。主題：E.210（已故情人不懷好意回來）。

第四十一頁〈白狼〉：改編自穆希克（Ruth Ann Musick）所記述的事件，*The Telltale Lilac Bush and Other West Virginia Ghost Stories*, pp. 134–35。(I)提內爾（Lester Tinnell），西維吉尼亞州法國溪，一九五四年。主題：E.423.2.7（如狼的亡魂）；E.320（死後復生，施以懲罰）。

第四十三頁〈鬼屋〉：蔡斯（Richard Chase）記錄這則故事（*American Folk Tales and Songs*, pp. 60–63），一九五六年以前在維吉尼亞州懷斯郡蒐集到的。為清楚起見，略作刪節。

第四十七頁〈宿客〉：許多地方都有這個故事，在紐約州奧爾巴尼附近地區一度是眾所周知的故事。本書版本根據兩個來源：我的妻子芭芭拉（Barbara Carmer Schwartz）的回憶，她在奧爾巴尼地區長大；瓊斯（Louis C. Jones）的記錄報導（*Things That Go Bump in the Night*, pp. 76–78），告訴瓊斯博士故事的是庫柏（Sunna Cooper）。

第三篇　吃你眼睛咬你鼻

第五十二頁〈靈車之歌〉：改編自一九四〇年代紐約布魯克林區的傳統歌

曲。各種改編的整理，請參閱Doyle, PTFS 40:175–90。

第五十五頁〈站在墳墓上的女孩〉：改寫自一則在美國和不列顛群島眾所周知的古老故事，在其他的版本中，受害者被一條棍子、一根柱子、一枝槌球棍、一把劍和一根叉子釘住。請參閱Boggs, *JAF* 47:295–96；Roberts, *South*, 136–37；Montell, 200–201。主題：H.1416.1（恐懼考驗：夜裡到墓地去）；N. 334（遊戲或玩笑的意外致命結局）。

第五十八頁〈一匹新馬〉：這則女巫故事傳遍全世界，本書根據羅伯茨（Leonard Roberts）所報導的肯塔基山脈故事改寫，在他的版本中，當老人知道妻子是女巫後，就拿起一把槍，把她的腦袋打得開了花。請參閱Roberts, *Up Cutshin*, pp. 128–29。

第六十頁〈鱷魚〉：這則故事根據藍道夫（Vance Randolph）所寫的奧索克傳說〈The Alligator Story〉（*Sticks in the Knapsack*, pp. 22–23）。一九三九年八月，他在密蘇里州柳泉從一個老婦人那裡蒐集到這個故事。

第六十二頁〈還可以再擠一個〉：RU，一九七〇年。這則傳說在美國和不列顛群島流傳多年。兩個英國版本請參閱Briggs, *Dictionary*, vol. 2, pp. 545–46, 575–76。

第六十四頁〈溫迪哥〉：這個印第安故事也是夏令營裡常講的故事，在美國東北部很有名，改編自緬因州大學教授艾弗斯（Edward M. Ives）為我講述的一個版本。一九三〇年代，艾弗斯到紐約州梅歐帕克附近參加柯蒂斯里德營隊（男童軍營地），第一次聽到了這個故事。這個故事的文學版本，請參閱英國作家布萊克伍德的作品（〈The Wendigo〉，in Davenport, pp. 1–58），前文改編所使用的「迪法哥」一名來自布萊克伍德的故事。

第六十九頁〈死人的腦袋〉：故事第一段出自MFA, 1975。剩下的故事廣為人知，沒有根據任何特定的版本。

第七十二頁〈「我可以幫妳提籃子嗎？」〉：(I)奧布萊恩（Tom O'Brien），舊金山，一九七六年。告訴我這個鬼怪故事的人，在二十世紀初，從他英籍父親口中聽到了這個故事。類似版本，請參閱Briggs, *Dictionary*, vol. 1, p. 500。也請參閱Nuttall, *JAF* 8:122，這邊提到一則古老的墨西哥印第安故事，描述某個人的頭骨追逐著路人，路人停，它就停；路人跑，它也跑。

第四篇　其他危險

第七十六頁〈鉤子〉：這個傳說廣為人知，尤其在大學校園裡，所以本書的敘述沒有根據基於任何特定的變化版本。類似故事請參閱Barnes, *SFQ* 30:310；

Emrich, p. 333。Fouke, p. 263。Parochetti, *KFQ* 10:49。Thigpen, IF 4:183–86。

第七十九頁〈白緞晚禮服〉：這個故事在美國幾個地區流傳，尤其是中西部地區，本書根據幾個版本改寫。請參閱Halpert, *HFB* 4:19–20, 32–34。Reaver, *NYFQ* 8:217–20。

第八十一頁〈遠光燈〉：這則改編根據德瑞克（Carlos Drake）的記述（*IF* 1:107–109）。類似的故事請參閱Cord, IF 2:49–52。Parochetti, *KFQ* 10:47–49。我在愛荷華州威弗利蒐集到一個版本：有位婦女在一個破舊社區的加油站停車加油，員工發現有個男人藏在後座，收了婦人的錢後卻不找錢。婦人等了幾分鐘後，走進去討錢，員工告訴她這個男人的事，她便報了警。

第八十五頁〈保姆〉：(I)羅森（Jeff Rosen），十六歲，賓州傑金頓，一九八〇年。在一個廣為流傳的版本中，孩子被發現慘死在床上，警察逮捕了闖入者，保姆逃過一劫。請參閱Fouke, p. 264。一九七九年，根據這個主題改編的美國電影《奪命電話》（*When a Stranger Calls*）上映。

第五篇　「啊……！」

第九十頁〈殺你全家〉：(I)庫許（Leslie Kush），十四歲，一九八〇年。類似故事請參閱Knapp, p. 247。

第九十三頁〈閣樓〉：編纂者的回憶：有種說法是獵人的兩個孩子不見了，他決定上閣樓去找他們，結果一開門就大聲尖叫。請參閱Leach, *Rainbow*, pp. 218–19。

第九十六頁〈滑溜精〉：UMFA，(C)拉戈伊（Andrea Lagoy）；(I)拉戈伊（Jackie Lagoy），麻州萊姆斯特，一九七二年。

第九十八頁〈艾倫・凱利的屍骸〉：這個故事改編自一九四三年之前在南卡羅萊納海岸蒐集到的故事，蒐集者是班尼特（John Bennett），他的記述中，故事題目是〈Daid Aaron II〉（*The Doctor to the Dead*, pp. 249–52），告訴他故事的是拉特利奇（Sarah Rutledge）和梅格特（Epsie Meggett），這兩名黑人婦女用古拉方言講述了這個故事。主題：E.410（不平靜的墳墓）。

第一〇二頁〈等到馬丁來〉：改編自一個流傳於美國東南部的傳統黑人民間故事，在某些版本中，貓等待的不是馬丁，而是「愛默特」、「耐心」或「瓦倫貝倫」。請參閱Pucket, p. 132；Cox, *JAF* 47:352–55；Fauset, *JAF* 40:258–59；Botkin, *American*, p. 711。

第一〇四頁〈手指流血的鬼魂〉：WSFA，(C)馬丁（Ramona Martin），一九七三年。另一種說法是，鬼是怪物，殺死所有住進鬧鬼旅館房間的人，除了彈吉他的嬉皮以外。請參閱Vlach, IF 4:100–101。

致謝

以下幾個人協助了我籌劃這本書：肯德爾·布魯爾、弗雷德里克·塞貝特·布魯爾三世和尚恩·巴里，他們和我一塊坐在緬因州一棟穀倉的閣樓，為我講了一些可怕的故事。

緬因州東愛丁頓羅斯福營的童子軍跟我講了他們的恐怖故事。

幾位民俗學家與我分享了他們的知識和學術資源，尤其是賓州大學的肯尼斯·高德斯坦、緬因州大學的愛德華·D·艾弗斯和天普大學的蘇珊·史都華。

其他學者的文章和蒐集也是重要的資訊來源。

緬因州大學（奧羅諾）、賓州大學、普林斯頓大學的圖書館員，第一〇七頁所列出的民俗檔案。

我的妻子芭芭拉製作第一篇和第三篇的樂譜，做了文獻研究，在其他方式也有功勞。

我感謝他們每一個人。

亞文·史瓦茲

國家圖書館出版品預行編目資料

在黑暗中說的鬼故事I/亞文．史瓦茲編撰、史蒂芬．格梅爾插畫；呂玉嬋譯. -- 初版. -- 臺北市：皇冠，2019.08
面；　公分. -- (皇冠叢書；第4782種)(CHOICE; 325)
譯自：SCARY STORIES TO TELL IN THE DARK
ISBN 978-957-33-3462-0

874.57　　108011049

皇冠叢書第4782種
CHOICE 325

在黑暗中說的鬼故事I

SCARY STORIES TO TELL IN THE DARK

編　撰—亞文．史瓦茲
插　畫—史蒂芬．格梅爾
譯　者—呂玉嬋
發 行 人—平雲
出版發行—皇冠文化出版有限公司
台北市敦化北路120巷50號
電話◎02-27168888
郵撥帳號◎15261516號
皇冠出版社(香港)有限公司
香港上環文咸東街50號寶恒商業中心
23樓2301-3室
電話◎2529-1778 傳真◎2527-0904
總 編 輯—龔橞甄
責任主編—許婷婷
責任編輯—張懿祥
美術設計—王瓊瑤
著作完成日期—1981年
初版一刷日期—2019年8月
初版二刷日期—2019年8月
法律顧問—王惠光律師

讀者服務傳真專線◎02-27150507
電腦編號◎375325
ISBN◎978-957-33-3462-0
Printed in Taiwan
本書定價◎新台幣220元/港幣73元